影と花と

水田宗子

Noriko Mizuta

思潮社

影と花と　水田宗子

Une mer bouge autour du monde
L'arbre et son ombre en sont venus

Par Joe Bousquet, Reflet

世界の廻りを海は巡る
樹とその影は海から立ち現れた

ジョエ・ブスケ『影』より

影

花々の歌

カバー写真＝瀋陽師範大学古生物博物館所蔵「最古の花が咲く化石」

影

繁み――プロローグ1

こんなに繁って
視界を塞ぐな
すいかずらの饐えた匂い
そんなに纏わり付くな
季節を飛び越えた
夏
こんなに虫がいっぱい
何も見逃さない
どん欲な生き残りの細胞
スペイン蔦の大きな手は

乾いた隙間も覆い尽くす
隠しているものを暴きだそうとでも
太陽は真上に留まったまま
西へ傾く気配はない
またやり直しを始めようと言うのか
突然
夏だけの
この庭の
季節から

この庭にとどまるのは——プロローグ2

静かに
鳥啼いていた
夢の中の風景
何かが側にいたような
ともに啼いていたような
そしてまた
いつの間にか一人だった

この庭に立つと
風はやってきて

一瞬渦巻き
そして慌てて出て行く
ここにとどまるのは危ない
草原を吹き抜け
大海を渡り
北の果て
南の極みをめざし
遥か天空まで行き着こうと
風は逃げていく
連れて行って欲しい
この庭にとどまるのは
この庭にとどまるのは
危険だ

僧侶のいない——プロローグ3

僧侶のいない
消えた庭の
繁み
怪しげな
草々の踊り
ここは
外なのか
境のない
内なのか
何かが

留守の間に
盗まれた
空白の
パフォーマンス
機械仕掛けの
ハミングバード
ねじをとめるものの
失せた
震え続ける
五色の
エナメルの
鳥たち
やっと
バラバラな
死に近づいた

お祝いの
歌
金メッキの
デュエット
愛の讃歌
こんな夜
誰かが叫ぶ
湿っている愛は
死への誘い
乾いた愛は
続きの拒否
庭守りのいない
廃園
いつの間にか
忍び込まれた

空き地
留守の間に
近づいた
時の
得意気な寝技
愛も死も
見分けがつかぬ
仮面劇
いやに
着々と
いやに
憚りなく
辺り一面
時ばかり
メカニックを装った

究極の支配の場

影の気配——影1

影の気配
近づいてくる
この庭の
不明な
季節

触れない
影が
もたらす

しめやかな
雨の予感

この庭の
限りなく
塞がれた
時の
混濁
この湿気

影を見つめ
いつかまた
見失うための
流れゆく意識の気配
記憶の中の

涙の華やぎ

庭に影が立つ——影2

庭に影が立つ
暗くもなく
明るくもなく
自然のなり立ちで

見覚えのあるしぐさ
いつか地下の教室で出会った
雪の降りしきる日
東京で
異国の街角ですれ違った

真夏のある日
歩み続けて疲れ果て
重い足を引きずっていた
あの秋の日
確かに少年の姿で
道端でしゃがんでいた
まるで
出迎えに来ていたように
待ち続けていたかのように

庭に立つ影
あなたとはすれ違っただけだった
いや　一緒にお茶を飲んだかも知れない
どこかでいつも会っていたのかも知れない
あなたを見送った

あの日から
青い空の彼方へ
あの時そこにおいて来たのは
色　そして　匂い
心の中に音が残った
届かない距離のエコー

ああ　帰って来たのだ
老いたる影よ
あれから七十余年
摑みとれない時間を
この庭に持ち込み
わたしの刻めない記憶を
そこに埋め込む
庭の水たまりに

映し出す顔もない
老いても懲りないナルシス
まるで
季節が巡り来たかのように
いつまでたっても会いにくるのか
あの青の果てから
終わってしまったあとも
終わらない影の
逢引き

影　年老いた若者のまま
この庭に立っている
遠くもなく
近くもなく

あなたは見知らぬ人の——影3

あなたは見知らぬ人の
素振りで
暗がりから現れたまま
わたしの前を歩き始めた
石畳の道
街を出て
草茫茫の道
もうどのくらい
歩いているだろうか
一言も話さず

手も触れあわない
休むことなしに
ずっと　こうして
あなたと
一緒にいるのがうれしい
あなたが誰だか知っている
いや
知らないのかもしれない
でも
わたしには十分だ
あなたとこうして歩いていることで
あなたは
わたしを見ることがない
あなたは道案内なのか
それとも

ただ自分で歩いているだけなのか
その後ろ姿には
何のシグナルもない
それでも
あなたはわたしから離れないまま
わたしの前を歩いていく
あなたは後ろを振り向かない
わたしがいなくなっても
あなたは歩き続けるだろうか
暗い通りへ帰っているのだろうか
あの地下室へ
いつかまた
帰るだろうか
影よ
やっと辿り着いた

この平行線
私たちの本性

何と背の高い——影4

何と背の高い
影の
茫とした
誘惑
長い四肢の
長引く時間
もうそれだけの
残された
場

前へ進むしかない
誘われ
引き込まれ
風の聞こえない
莫とした
夢の原野
影のファンタム
最後の
逢い引き

空白でもなく――影5

空白でもなく
まして
無でもない
影よ
あなたがそこに立ち尽くすと
私の心は動悸し
世界が
張り裂ける音が聞こえる
私もまた
あなたの前に

一本の花咲く樹のように
立ちはだかってみたい
あるいは
新種の薔薇のように
誇らかに
花弁を重ねて
あるいは
せめて
紫式部のように
意地悪く
細身を撓らせて
あなたの視線をフォーカスさせ
あなたの意識に刻みたい
影よ
あなたには目も心もない

そんなに曖昧に
漠然とした
普遍の
拒絶ではなく
愛であろうと
なかろうと
それがわたしの
絶望であることを
はっきりと
言って欲しいのだ

戻ってくる気配の——影6

戻ってくる気配の
消えたもののもの
記憶
愛の仕草
じっと
待ち構える
時間
すぐ側まで来ている
立ち返ってくるような
思わせぶりの

摑むことは出来ない
記憶にあったはずの
あの瞬間
あの愛の形
効き目のない
手練手管
容赦ない
影の無関心
身を守る
時間の手つきの
狡猾さ

もっと
剥き出しになれば

何もかもさらけ出せば
その不確かな
まなざしもなく
輪郭のない
影ばかりの影に
近づけるかと

秘密など捨てた

昔　叩いた
あなたの胸
金槌と鎌で
刻み込んだ
あなたの意識
だが

この影は人違いだ
叩く骨格も
覗き込む底もない
約束せずに
誘うばかりの
水蒸気の塊
欲望も見せず
近づけば遠ざかる
音なしのやまびこ
思い出せない
顔　声　匂い

この庭に立ち現れる
影の慕情
知っている

あの
ときめきの
たよりなさ
昔の恋は
何もかも
役に立たない
影の誘う未知
目をそらすことは出来ない
執着のようで
こんなに曖昧な
無情
輪郭のぼやけた
彼方へ
消える時間の
道連れ

影の最後の時まで
一瞬のうちに
消えたものたちの
最後の時まで

影に告白した——影7

影に
告白をした
あなたを捜していたと
何という出会い
きっと
視界を遮る
大雪の中
あなたを見つけたのだ
あるいは
どこかの木の下で

きっと
太陽が沈んで行く
薄暗がりの中で
あなたを見つめたのだ
立っている
あなたを
影よ
沈黙の薄膜で
わたしを
包み込む
影よ
連れて行ってほしい
あなたが
来たところへ
そのために出会えたのだから

遠い国から来た
あなたに
予告もなしに
あの時
立っていたのだから
突然
影が

あなたの前で荒れた記憶——影8

あなたの前で荒れた記憶
抗い
逃げ続けた
あの時
あなたには眸があったような
長く白い手足も
あなたは猛々しく
嵐が丘を
激しく燃えて
一緒に連れ去ろうと

駆け抜いて来たのだ
真っ赤な炎を背負い
痛みの塊
あの時捕まっていたら
きっと今も
不動明王の形相
いやあなたはもう
普遍の本性表して
他の誰かを捕まえに
どこかの街角で
一仕事しているかもしれない
わたしだけが
もろもろの記憶
二千年の出来事の
血の池に浮かび

沈まない太陽に照りつけられ
時に殺された
あのものたちの欲望
戦いの後の
この灰色の大地へ
戻ろう戻ろうと
諦めることのない
後悔を伝えようとしている

そんな記憶も
あったのかなかったのか
影よ
あなたはいま
ただ立っている
それは確かなことで

わたしは
今　昔の
あなたの恋を憧れている
どこからか又帰って来て
あの時のあなたでなくても
胸が高鳴っている
いよいよ最後の出会い
終わり良ければすべてよし
決してこちらを向かずに
思わせぶりに誘っている
つれない恋人よ
眸も見せず
かたちもなく
影のままで

七回忌——影9

七年の過去からではなく
もっと遠くの時間から
知り得ない場所から
帰って来たのか

何も反射しない
不透明なもの
目の前に立ち尽くす
色のない輪郭

触れることも
摑むこともできない
近づくことも拒まれた
この曖昧なもの

わたしの記憶
わたしの沈黙すら越えた
モハビイの砂漠のような
アラスカの氷山のような
あたかも根源らしき場所から
帰って来たとでも言いたげな

だが
近づいてくる
この唸りのような揺れ

波のように
必ずここまでやってくる
歴史を駆け抜けた
伝令の足音
悲しみのような
秘密のメッセージ

待っていた
もののものすべての
帰還
待っていた
究極の
逢い引き

立っている影の――影10

立っている影の
ファンタム
庭の繁みの
淵

いつからか
立っている影の誘い
遠くなって行く素振り
影の後ろ姿

ふと消えて
ぼんやりとした
草野
草だらけの庭の
遠景の
切なさ

一瞬
彼方の稲妻
失せた影の
応答かと
光る
空白の
波形

いつも
捜して
憧れの影の
伝言

失われるばかりの
影の恋の谺
絶対音の
音無しの痙攣

ああ
どこにいるのか
覗き込む
繋みの
泡立ち

その不在の
その時間へ
近づいて行く
愉楽のような
誘いの鼓動

影が消えると——影11

影が消えると
白い跡が残った
何も返さない
鈍い塊のような
未発見の領土のような
真昼の
反射しない記憶の
淀んでいくところ
影無い地に風吹いていて
頑固な化石のように

瞬きもせず
影の地面が
そこにある

一つですべて——エピローグ

わたしとあなた
出会って
そして消えた
光のような
波のような
もう見えない
無の細い足跡
微かなたゆたい
あなたとわたし
一瞬の

長い道のり
あなたは子供で
わたしは老人
あなたは大きく
わたしは小さい
あなたとわたしは
同じで
反対
愛し合うかのように
消滅した
ああ　あの出会い
一瞬で
永遠の
愛のように
消滅した

暗くはない
白い愛の世界

日常の中に
現れることのない
愛
対称的な
あなたとわたし
互いを取り替えても
鏡に映しても
いつも
同じに違う
二人が消えて
初めて崩れた
わたしとあなた

無になって一つ
あなたとわたしの
違いが消えた
ああ　あの出会い
あの時からの
無の愛

生き残ったものの
裏切り者たちよ
愛のない時間で
見えないもののない
勝利
出会いのない
勝者
青年と老人

男と女
対称的な
視覚の
勝利
いつまでも
切ない別離を
償えない
傷痕
深い悲しみを
知ることのない
勝利

あなたと
わたしは
もういない

一つですべて
もう見えない
光と影の
波に揺られて
見えない一つ
見えないすべて
無の中で
愛し合う
あなたとわたし
終わりと始まり
始まりと終わり
いつまでも一緒
いつまでも見えない
宇宙の果て
風も止んでいる

花々の歌

山法師

あなたに出会うのは
空からでなければならない
虚ろに立ち向かう
その凜々しい姿に
地上からは見えない
その確かな白さは
葉に隠されているばかり
桜もハナミズキも終わり
ボタンもシャクヤクも失せ

紫陽花が大きな葉を広げるころ
いつの間にか
立ち尽くしている
修道士のように
深山の荒修行を終え
断食も過ごして
まるで
一休みの時のように
あなたに瞑想は似合わない
問答も拒絶
取りつく島もない
あなたとの出会い
高く登らなければ
その見えない色に
辿り着けない

あなたは何も言ってくれない
こんなにしてやって来ても
まだ
足りない
その白い
無色に
身を任せるには
どこにもない
あなたの
メッセージ
今年も
無言のまま
ただ
そんなに無碍に
待っている

白い先の
その時を

紫陽花――この日を摑め

雨の季節を生きるもの
こんな晴天の
一日を摑み
色をますます濃くし
花弁を広げる
もう
この宇宙は
空き地不在なのに

雨を生きるものよ

裏通りがテリトリー
でも今日は
自己存在の
祭典の時
　Seize the Day
すぐに色変わりする
いのちの誇示
下町の寺には
花火もライトアップも不要
暗い曲がり道に
仮面行列もいらない
そのブルーで
何ものも寄せ付けない
この一瞬
青のカーニヴァル

あの時は
まだ来ない
この湿った一隅に
喚び起こされたもののもの
晴れの日

その薔薇に

その薔薇に
何という名をつけようか

思いがけない贈り物
見知らぬ人から
ある日届けられた
生まれたての
新種の薔薇
どこからか
荷札もなく

届いた
まっさらな
名のない
薔薇
少女のまま
裏切られた
それとも
記憶喪失した
身元不詳の
無垢の薔薇
それとも
隠れていたものを
達人の手にかかって
生まれ変わり
送り込まれて来た

永劫回帰のように
今度は
この庭に
しばらく
落ち着こうとでも
もう一つ
仮の名前をつけてもらおうと
メタフォアの
亡命者よ

その薔薇には虫がつかない
その花芯は幾重にも守られている
甘い香りも
霞む花弁も
ただ一つだけの

できたての
無傷を
装って

だが
薔薇は薔薇
やがては
傷を負い
変身する
季節とともに
時を逐う人々への
暗喩だらけの
贈り物に

この日一日の

無垢
この薔薇に
何という名をつけようか

すいかずら

デイジーという名前の女の子が
木の上に登って匂いを放った
エミリーという名前のおばあさんが
ベッドに封じ込めて匂いを放った
すいかずらの匂い
無垢な恋人たちの
粘っこい匂い
自分の名前の匂いではなく
未知の花の匂いを
恋人たちに振りまいた

永遠の
はじめての
花の匂い
あのはじめての
罪の匂い
あのハニーサックル

何にでも巻き付く
密集した小さな花々
八月の光の中
蜜月の居直り
いつも
どこにでもある
あの甘い匂い
あの過ちの

年老いた詩人は
もう匂いを嗅げない
蔦に覆われた
南の果ての家で
物語の中の無垢に
その誘惑に
薔薇を捧げる
匂いを持たない
永遠の薔薇を

凌霄花《のうぜんかずら》

白を夢見たのに
橙色の花をつけた
花の色違いは
花の憂鬱
咲いては
落ち
咲いては
落ち
豊穣な一夏
見えるのは

橙色
ただ
橙色
木の上も
足下も
炎
炎
落ちて
落ちて
橙色の朽ちるまで
白を夢見たのに
炎に身を託す

椿

ミツバチも
ハミングバードも
いいとこ取り
からすだけが頼りだ
ネバネバした
この食べ残しを
小鳥や虫たちが
残していった汚物を
みんな持っていってくれる者
何も身ごもらないうちに

持っていってほしい
花びらも美しいうちに
十把ひとからげに
ひとしきり遊んで
どこかに棄てていってくれ
潔く
首からまるごと落ちるなんて
とんでもない
一枚一枚剝がれていくなんて
まっぴらごめん
絞り尽くされて
かすばかりのねばねば
余すところなく
役に立ったなどほめられるのは
願い下げ

こうしていつも一人
隣の花に見向きもせず
真っ赤に
うそぶいて
咲ききった
満開の
情熱

嫉妬

あの日
あの人には白薔薇が似合うと
あなたが言ったので
部屋いっぱいに白薔薇を飾った

あの時
あの人に白薔薇を贈ったと
あなたが言ったので
夢野には白薔薇が狂い咲きした

あの瞬間
白薔薇を投げ入れたと
あなたが言ったので
薔薇は燃え白い空白が残った

勿忘草

おまえをこよなく愛したって
おまえはいつも可憐なまま
機嫌良くも悪くもなく
無垢のままで居続ける
どんな誘いもとどかない
踏みつけても
顔を少しかしげるだけ
おまえは
いつの間にか消えてしまうので
わたしは

いつも年老いた者
見えない時間を抱きしめる
こうして
忘れないで
などとは言わない
おまえの
若い永遠に
傷つかないブルーに
こんなに
わたしは
傷つく

白薔薇　始まり

始まりは白薔薇の出番
色のないのは知らないこと
過去を漂白して
何もなかった無垢
まっさらな身
あまり沢山じゃない方がいい
編みたてのレースのベールから
見え隠れする
見慣れぬ顔のためには
匂いもなく

真っ白をサポート
この日一日だけの萼
何もせぬまま退場する
始まりはいともおおげさ
満開の白薔薇の持ち場
始まりは
白薔薇の
終わり

白薔薇　終わり

終わりはいつも簡単
真っ白に覆い尽くし
まるで
一枚のシーツをかぶせたように
何もかも
隠し遂し
それからは
一直線
黄ばむ姿も
ひとひらひとひら

細り行く身を
晒すこともなく
白無垢姿で
出発する
満開のまま
役目果たし終えた
灼熱の道行き
共に焼かれて
燃え尽きる

都忘れ

忘れた
あまりにも
恋い慕うふりをしたので
忘れた
あまりにも遠く
見えない空を見つめたので
忘れた
あまりにも多く
嘆きの歌をうたったので
忘れた

あまりにも濃く
紫を誇ったので
もうすっかり
すっかり忘れた
この夏の終わり

花の化石──空へ

世界で初めて咲いた花
風は吹いていたか
陽は柔らかに注ぎ
地は光り輝いていたか
ああ　開く快感

そんなに頑に黙っていないで
その時の話をしてくれないか
隕石が降っていたか
洪水が向かって来たか

嵐はまだ収まらず
灼熱の炎が沸き上がり
地割れがすべてを分断し
裂け目の中の
土にならない塊から
ぎしぎし身を擦らせて
ああ　痛みの生誕

閉じこもっていた
崩れた洞窟の中
開いた
傷の記憶のまま
こうして一億年
たった一度の開花の記憶
それでも最初の花の経験

何時でも最初で一度きり
一億年も瓦礫の中で
生き残った記憶

遥かな空に向かって
流れたような
水無河の記憶
緑が生い茂っていたか
それとも　ただ
最初の緑の一本
あのひょろひょろとした
あの頑な
決して秘密は明かさぬ
最初のもの

もうとっくに消滅したのに
何故残っている
あまりに小さくて
巨大な翼もとまれない
尖った嘴もつかみ取れない
見逃されて
残っているのか

見逃したものは誰だ
あるいは見逃さなかったものは
消滅を繰り返し
こうして残っている
深い埃に隠されて
乾いた喪の化石
惨事の化石

この色のない無様な姿

こんな質感
こんな重さ
永遠の開花の
何という乾き
永遠の消滅という
この生き残り

掘り起こしてはいけない
土の中で乾ききっているもの
耐熱ガラスの中
知らない明るさの中
晒されてはいけない
無慈悲な言葉

情けない未練

あなたの満開に出会いたかった
空へ向かったその姿に
あなたが息をとめた瞬間
あなたがすべてを吐き出した瞬間
化石に封じ込まれない
あの影の一息に

あなたに触れたかった
一億年の沈黙の中
生き残れない
あなたの呼吸に
あなたの開花の
一瞬

化石の明かさぬ
永遠に
生身の影に

あとがき

ある日、道を歩いていると、不意に誰かの後を追っているのだという気がした。その後、庭で影のようなものが立っているのに気づき、それが、あの道で追っていたものだと感じた。

影はやがて消えてしまったが、それぞれの最後を咲き誇る満開の花を見ると、また影に出会ったように感じることがあり、影といた時間を思い出す。

編集の労をとって下さった思潮社の藤井一乃さん、久保希梨子さんに心からお礼を申し上げたい。

二〇一六年

水田宗子

水田宗子（みずた のりこ）

詩集に『春の終りに』『幕間』『炎える琥珀』『帰路』『青い藻の海』、詩画集に『サンタバーバラの夏休み』『アムステルダムの結婚式』『東京のサバス』（三冊とも絵・森洋子）などがある。ほかに『Reality and Fiction in Modern Japanese Literature』『エドガー・アラン・ポオの世界——罪と夢』『鏡の中の錯乱——シルヴィア・プラス詩選』『ヒロインからヒーローへ——女性の自我と表現』『ことばが紡ぐ羽衣』『二十世紀の女性表現』『女性学との出会い』『尾崎翠——第七官界彷徨の世界』『ジェンダーで読む〈韓流〉文化の現在』『モダニズムと〈戦後女性詩〉の展開』『大庭みな子　記憶の文学』など著書多数。

影《かげ》と花《はな》と

著者
水《みず》田《た》宗《のり》子《こ》
発行者
小田久郎
発行所
株式会社思潮社
〒一六二―〇八四二　東京都新宿区市谷砂土原町三―十五
電話〇三（三二六七）八一五三（営業）・八一四一（編集）
ＦＡＸ〇三（三二六七）八一四二
印刷所
三報社印刷株式会社
製本所
小高製本工業株式会社
発行日
二〇一六年十月三十一日